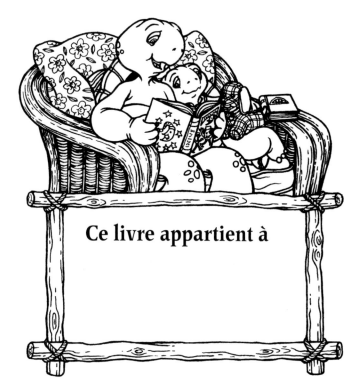

Ce livre appartient à

Trésors de Benjamin – La famille

Trésors
de
Benjamin

❦ La famille ❦

Paulette Bourgeois • Brenda Clark

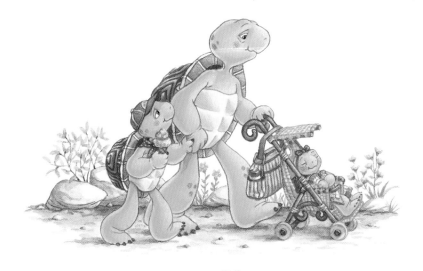

Les éditions Scholastic

Sommaire

Benjamin va à l'hôpital

Benjamin a déjà eu le rhume, il a déjà eu mal au ventre, s'est fait de petites coupures et de petites blessures. Il va chez le médecin régulièrement et même, un jour, le médecin est venu le soigner à la maison. Mais Benjamin n'est jamais allé à l'hôpital.

Un jour que Benjamin joue au soccer avec ses amis, le ballon vient droit sur lui et l'atteint en pleine poitrine.

— Ouuuuuuh! gémit-il.

Mais il continue à jouer.

Ce soir-là, en sortant de la baignoire, Benjamin laisse échapper un «Ouille!» lorsqu'il s'essuie le ventre.

Sa maman l'examine attentivement.

— Demain, nous irons chez le médecin, dit-elle.

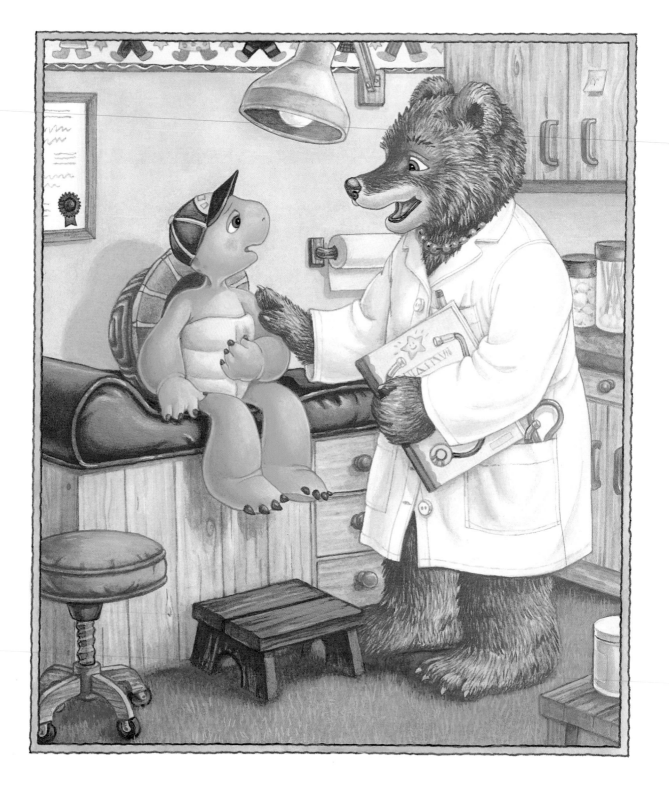

Délicatement, docteure Ours palpe et tâte la carapace de Benjamin. Elle découvre une fine fissure.

— Il n'y a rien de grave, Benjamin, dit-elle. Mais je dois réparer ta carapace avec une agrafe pour qu'elle puisse continuer à bien grandir. Je vais t'opérer demain, à l'hôpital.

— Ça va faire mal? demande Benjamin.

— Tu vas prendre un médicament qui t'endormira, répond docteure Ours. Tu ne sentiras rien du tout. Tu seras un peu souffrant à ton réveil, mais on te gardera toute la nuit à l'hôpital et tout ira bien.

Docteure Ours explique à Benjamin qu'il doit avoir l'estomac vide avant l'opération. Il ne doit ni boire ni manger après être allé au lit.

Benjamin ne s'en soucie pas. Son estomac est bien trop à l'envers pour avoir envie de manger.

Après l'école, les amis de Benjamin viennent lui rendre visite. Benjamin leur montre les livres que docteure Ours lui a donnés. Ce sont des livres qui expliquent ce qui se passe dans un hôpital.

— Pourquoi est-ce que tout le monde porte un masque? demande Raffin en montrant une illustration.

— Pour qu'il n'y ait pas de microbes dans la salle d'opération, explique Benjamin.

— Tu as peur? demande Lili.

— Bien sûr que non! réplique Martin. Benjamin est très courageux.

Benjamin reste silencieux.

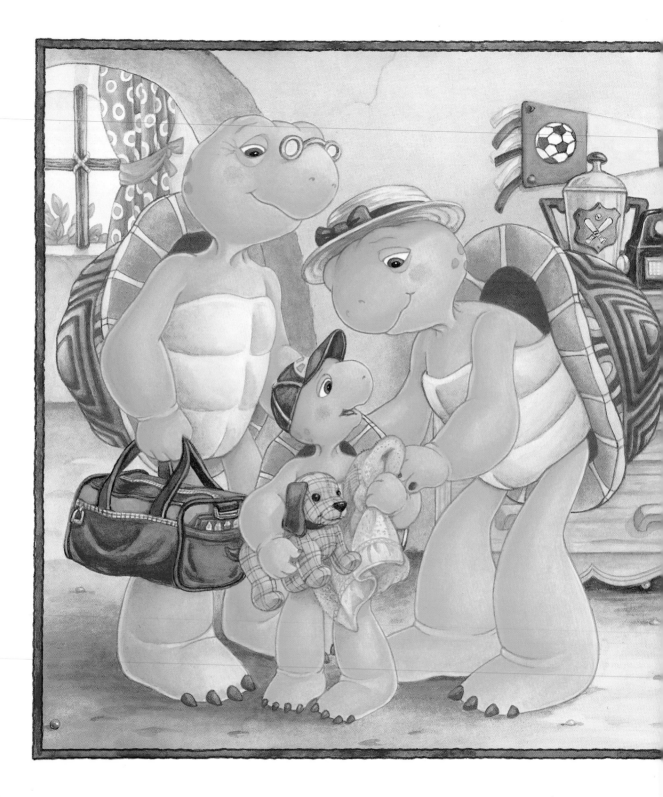

Benjamin et ses parents quittent la maison très tôt pour se rendre à l'hôpital. Benjamin jette un dernier regard à sa chambre, sa couverture bleue et son chien Sam serrés contre lui.

— Demain, tu seras revenu, lui rappelle sa maman en l'embrassant.

— Je sais, murmure Benjamin.

— Tu es une brave petite tortue, dit son papa.

À l'hôpital, on donne à Benjamin un bracelet qui porte son nom. Puis un infirmier mène Benjamin en chaise roulante le long d'un corridor. Benjamin observe le matériel bizarre et plisse le nez en respirant des odeurs inconnues. Il essaie de voir si ses parents arrivent à les suivre.

Enfin, ils entrent dans sa chambre.

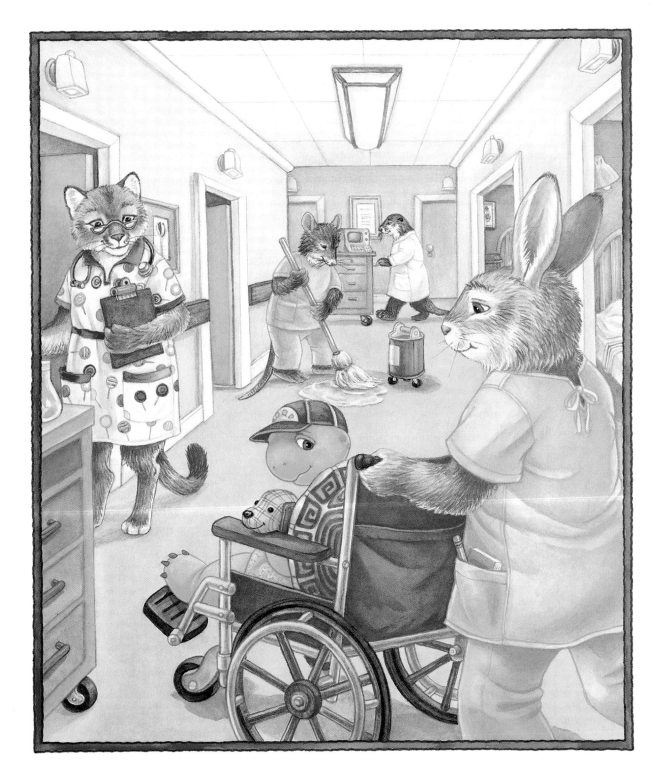

Une infirmière lui donne une sorte de chemise. Elle prend sa température, elle vérifie sa tension et elle écoute son cœur. Puis, elle lui étale de la pommade sur la main.

— C'est pour endormir ta main. Quand docteure Ours te fera une injection, tu ne sentiras rien.

— D'accord, fait Benjamin d'une petite voix.

— Tu es très courageux, dit l'infirmière.

Bientôt, l'infirmier vient chercher Benjamin pour l'emmener dans une autre salle où docteure Ours l'attend.

— Nous allons faire des radiographies, dit-elle. Ainsi, je saurai exactement où poser l'agrafe.

— Je ne veux pas de radiographies, murmure Benjamin.

— Les radiographies ne font pas mal, explique docteure Ours. Nous faisons simplement des photographies de l'intérieur de ton corps.

— Je sais, dit Benjamin.

Et il se met à pleurer.

Docteure Ours s'asseoit à côté de Benjamin.

— Dis-moi ce qui ne va pas, dit-elle.

— Tout le monde me dit que je suis courageux, dit Benjamin en reniflant. Mais ce n'est pas vrai. Sur les radiographies, on va bien voir que j'ai peur, en dedans.

— Oh, Benjamin! s'exclame docteure Ours. Une radiographie ne montre pas les émotions. Seulement ta carapace et tes os.

— Alors personne ne saura que j'ai peur? demande Benjamin.

— Personne, répond docteure Ours. Être courageux, cela signifie que tu fais ce que tu dois faire, même si tu as très peur.

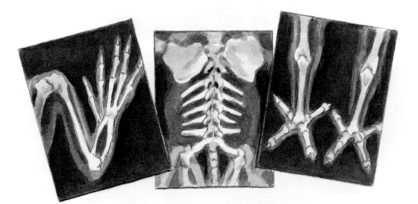

Benjamin réfléchit un moment.

— J'ai peur d'être opéré, dit-il enfin. Mais je sais qu'il le faut pour que ma carapace grandisse bien et qu'elle soit bien solide.

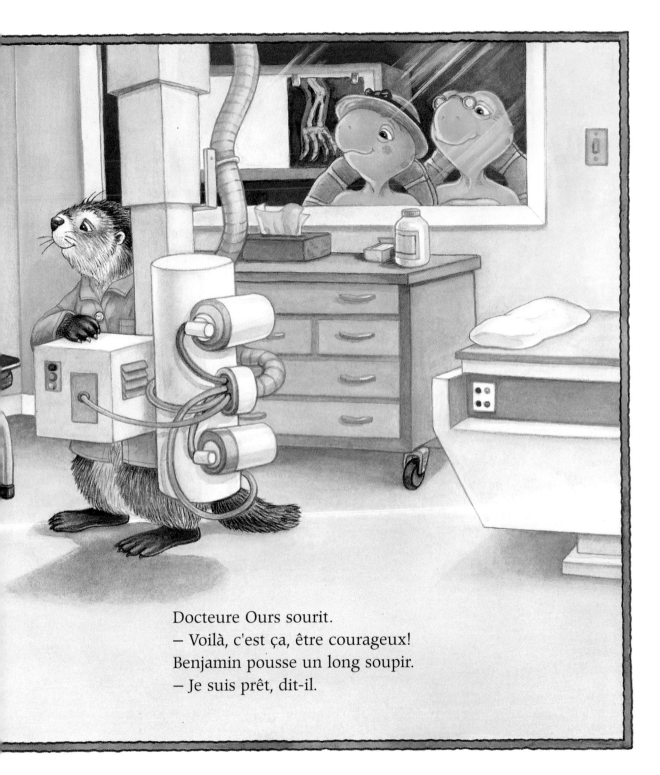

Docteure Ours sourit.
– Voilà, c'est ça, être courageux!
Benjamin pousse un long soupir.
– Je suis prêt, dit-il.

Après les radiographies, Benjamin passe à la salle d'attente.

— Nous ne pouvons pas entrer dans la salle d'opération, dit son papa.

— Mais nous serons là lorsque tu t'éveilleras, promet sa maman.

Docteure Ours vient chercher Benjamin. Son papa et sa maman lui donnent de gros baisers et lui font un signe de la main quand il entre dans la salle d'opération.

Dans la salle d'opération, Benjamin salue les autres médecins et les infirmières. Docteure Ours pose de drôles de collants sur la poitrine de Benjamin et elle explique que c'est grâce à ces petits appareils qu'on pourra contrôler sa respiration et les battements de son cœur durant l'opération.

Puis le docteur Raton lui fait une piqûre sur la main pour l'endormir. Ça ne fait pas mal du tout. Ensuite, il demande à Benjamin de compter à reculons à partir de cent.

— Je peux seulement compter à reculons à partir de dix, dit Benjamin.

— Ça ira comme ça, dit docteure Ours.

— Dix, neuf, huit..., commence Benjamin.

Il ne peut pas compter plus loin. Il s'est endormi.

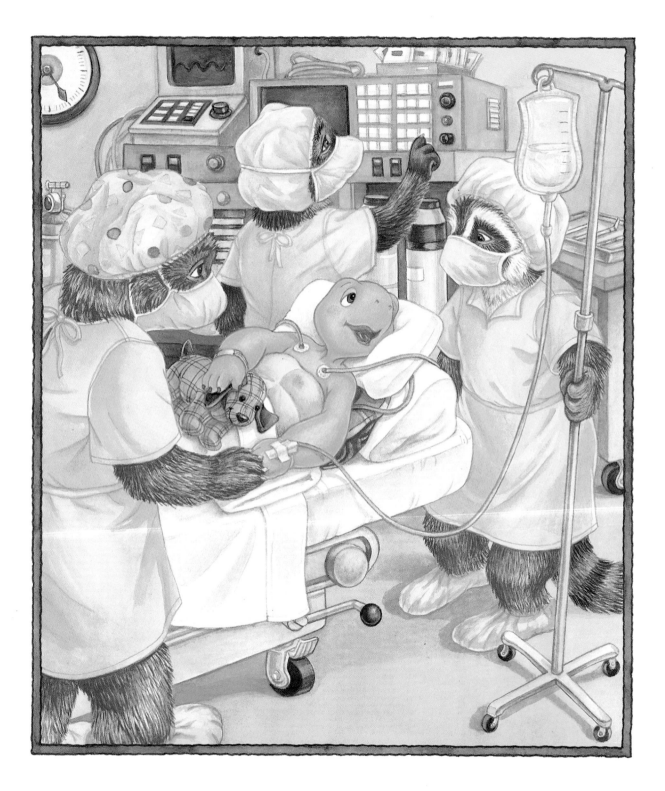

— Réveille-toi, dit une voix lointaine.

Mais Benjamin ne s'éveille pas. Il rêve qu'il vient de compter le but gagnant.

— Réveille-toi, Benjamin, dit sa maman.

Benjamin ouvre lentement les yeux. Il voit ses parents et docteure Ours, et il se souvient tout à coup.

— Je n'ai pas fini de compter, dit-il d'une voix tremblante.

— Mais l'opération est terminée, dit docteure Ours en riant.

Deux heures plus tard, Benjamin est de retour dans sa chambre. Il marche lentement jusqu'au miroir et observe ses bandages.

— Je pense que je ne pourrai pas jouer au soccer avant longtemps, soupire-t-il.

— Docteure Ours croit que tu vas guérir très vite, dit le papa de Benjamin.

— Elle dit aussi que tu es un patient parfait, ajoute sa maman.

Benjamin sourit.

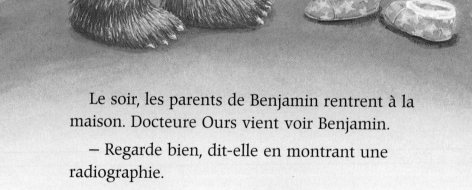

Le soir, les parents de Benjamin rentrent à la maison. Docteure Ours vient voir Benjamin.

– Regarde bien, dit-elle en montrant une radiographie.

– C'est moi? demande Benjamin.

– C'est toi, dit docteure Ours en hochant la tête. Un Benjamin rempli de courage!

Benjamin et sa petite sœur

Benjamin sait compter par deux et attacher ses souliers. Il peut nommer les jours de la semaine, les mois de l'année et les quatre saisons. Il adore jouer au ballon en été, ramasser les feuilles en automne et construire des tortues de neige en hiver. Mais la saison préférée de Benjamin, c'est le printemps. Et ce printemps-ci ne sera pas comme les autres…

41

Les parents de Benjamin lui annoncent une grande nouvelle : un bébé va arriver au printemps.

Benjamin saute de joie. Il a toujours voulu être un grand frère. Il a même pratiqué son rôle de grand frère avec Béatrice, la petite sœur de Martin.

— Je sais faire rire les bébés, je sais leur faire faire leur rot, dit-il.

— Tu seras un merveilleux grand frère, dit sa maman.

— C'est aujourd'hui, le printemps? demande chaque jour Benjamin à ses parents.

— Pas encore, mais bientôt, répond sa maman en se frottant le ventre.

Benjamin n'en est pas si sûr. Dehors, il fait encore froid, et la neige est toujours là. Le printemps semble bien loin.

À l'école, monsieur Hibou demande à ses élèves quels sont les premiers signes du printemps.

— La terre s'éveille après un long sommeil, dit Odile.

— Les plantes se mettent à pousser, ajoute Arnaud.

— Les bébés naissent, dit Benjamin.

Par la fenêtre, il regarde le ciel d'hiver. Il voudrait bien que le printemps se dépêche d'arriver.

48

Benjamin s'inquiète de la graine qu'il a semée pour son projet de printemps.

— Elle est au chaud, bien à l'abri, et elle ne manque jamais d'eau, dit Benjamin à monsieur Hibou. Mais pourquoi elle ne pousse pas?

— Ta plante pousse, dit monsieur Hibou. Tu ne peux pas encore la voir. Tu dois attendre.

Benjamin soupire. Il n'aime pas du tout attendre.

À la maison, Benjamin aide ses parents à préparer
tout ce qu'il faut pour le bébé.

— Il prend bien son temps, ce bébé! dit Benjamin.

— Le bébé arrivera au printemps, dit sa maman en
lui faisant une caresse. Et le printemps est tout près.

— Tout près? demande Benjamin, les yeux brillants.

Benjamin sort se promener et regarde partout aux alentours.

— Printemps? Printemps, tu es là? appelle-t-il.

Mais il n'y a aucune réponse.

Benjamin donne des coups sur une casserole. Il fait tinter des grelots et frappe des cymbales.

Même avec tout ce bruit, la terre ne s'éveille pas.

Benjamin va voir au jardin. Pas une plante n'a poussé.

Du printemps, il ne voit aucun signe.

C'est tout un problème, car c'est au printemps qu'on attend le bébé.

Benjamin se sent tout triste. Si le printemps n'arrive pas, il ne sera jamais un grand frère.

Benjamin nettoie la cour.

Son papa vient voir ce qui ne va pas.

— Je pense que le printemps n'arrivera jamais, dit Benjamin.

— Ne t'en fais pas, dit son papa. Quand la pluie commencera, ce sera le printemps.

Benjamin est tout excité. Il sait bien que la pluie amène le printemps. Et il va y avoir de la pluie dimanche, sa maman l'a dit l'autre jour.

C'est dimanche! Benjamin enfile son imperméable et prend son parapluie.

— Je suis prêt pour la pluie! déclare-t-il.

— Mais ce n'est pas de la vraie pluie! dit sa maman en riant. Je voulais dire une pluie de cadeaux pour le bébé. Voilà ce qui va arriver aujourd'hui!

Benjamin ne comprend pas.

— Tous nos amis viendront porter des cadeaux pour le bébé, dit son papa en souriant.

Benjamin aimerait mieux qu'ils amènent avec eux le printemps.

Lorsque les amis sont là, des cadeaux envoyés par la grand-tante Henriette arrivent : un mobile pour bébé, des fleurs pour maman et un cerf-volant pour Benjamin.

— Tante Henriette nous envoie le printemps, dit la maman de Benjamin en respirant le parfum des fleurs.

— Bravo! s'écrie Benjamin. Le bébé s'en vient!

Le lendemain, à l'école, Benjamin déclare que le printemps arrive.

— Tu as raison, dit monsieur Hibou. Regarde.

La plante de Benjamin est sortie de terre, toute petite, verte, magnifique!

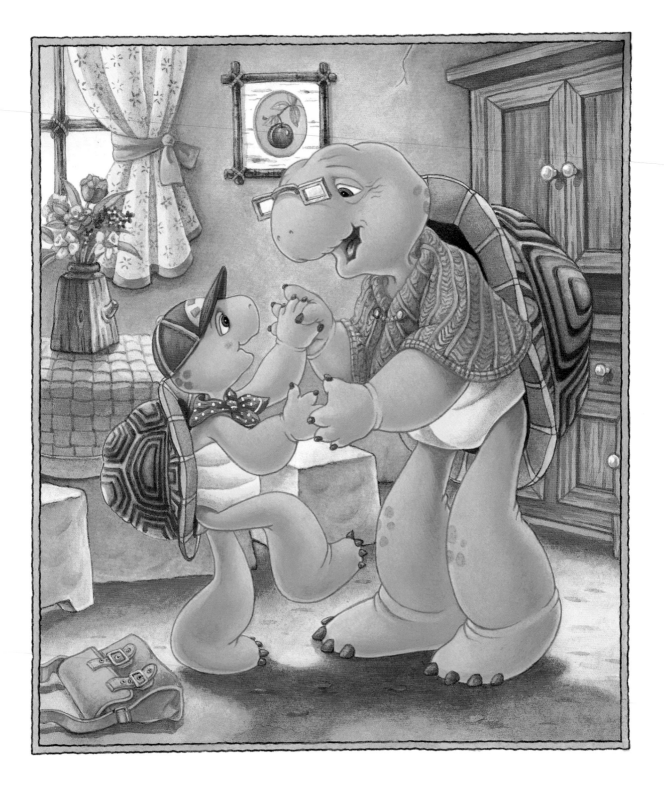

Quand Benjamin rentre à la maison, sa grand-maman est là.

— Toutes mes félicitations, mon Benjamin, dit-elle. Tu es maintenant un grand frère. Ta petite sœur est née aujourd'hui.

Benjamin danse dans toute la maison.

— Je peux la voir? demande-t-il.

— Elle t'attend à l'hôpital, répond sa grand-maman.

Ils partent donc tous les deux pour l'hôpital.

À l'hôpital, Benjamin embrasse son papa et sa maman, et il sourit à sa petite sœur.

— Comment s'appelle-t-elle? demande Benjamin.

— Nous n'avons pas encore choisi son nom, répond sa maman. Il faut trouver le bon.

Benjamin regarde sa petite sœur de plus près.

— Pourquoi ne pas l'appeler Henriette comme tante Henriette? dit-il. Regardez comme elle lui ressemble.

Le papa et la maman de Benjamin sourient. Il a fait un bon choix : elle s'appellera Henriette.

Benjamin demande s'il peut prendre sa petite sœur. Il la berce doucement dans ses bras.

— Bonjour, Henriette, dit-il. Je suis ton grand frère Benjamin, et je t'attendais depuis très longtemps…

Benjamin et Henriette

Benjamin sait compter par deux et nouer ses lacets.
Il aide sa petite sœur Henriette à fermer sa fermeture
éclair et à boutonner ses boutons. Il lui montre
à faire coucou et à applaudir. Il lui lit des histoires
et chante des chansons. Benjamin aime sa petite
sœur et il aime être un grand frère... enfin,
la plupart du temps.

Un jour, Benjamin emmène Henriette jouer dehors. Il la pousse sur la balançoire. Il lui tient la main quand elle descend la glissoire. Mais il ne voit pas la flaque juste en bas.

– Oh non! s'exclame Benjamin.

Henriette est couverte de boue.

Benjamin regarde de tous les côtés. Peut-être qu'il peut la nettoyer avant que son père ne la voie.

Henriette se frotte le visage qui devient tout sale.

Alors, elle se met à pleurer.

— S'il te plaît, ne pleure pas, lui demande Benjamin.

Il lui donne sa couverture. Il lui fait de drôles de grimaces. Mais rien n'arrête ses sanglots.

Alors Benjamin a une idée. Il anime son chien Sam comme s'il était une marionnette.

Benjamin aboie. Henriette sourit.

— Vilaine flaque de boue! dit Benjamin.

Henriette se met à rire. Elle attrape Sam et l'embrasse bien fort.

— Ouf! fait Benjamin.

Quand il voit Henriette, le papa de Benjamin éclate
de rire.

— Je crois qu'un bain mousseux te ferait du bien,
dit-il.

Benjamin se sent mieux.

— Sam a besoin d'un bain lui aussi, dit-il.

— Deux bains mousseux! dit le papa de Benjamin.

Benjamin aide à remplir la baignoire et à remuer
l'eau pour la faire mousser. Il s'assure que l'eau n'est ni
trop chaude ni trop froide.

Avant d'aller se coucher, Benjamin ne retrouve plus Sam.

Finalement, il l'aperçoit dans le petit lit d'Henriette.

Benjamin veut reprendre Sam, mais sa maman ne veut pas réveiller Henriette.

— Peut-être qu'Henriette peut dormir avec Sam, cette fois-ci, suggère-t-elle.

Cela ne plaît pas du tout à Benjamin, mais il ne veut pas qu'Henriette recommence à pleurer.

— D'accord, soupire-t-il. Seulement pour cette nuit!

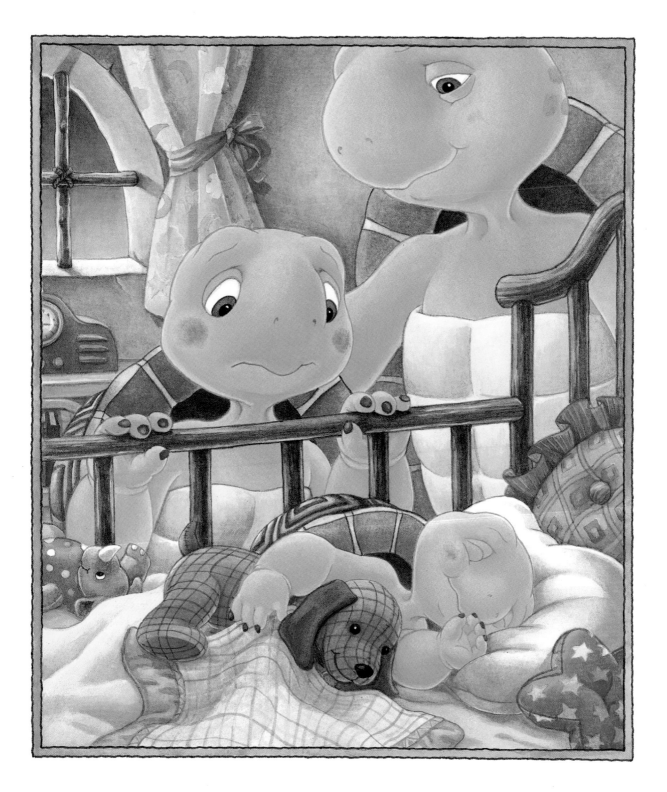

Le lendemain matin, Henriette amène Sam au déjeuner.

— Merci Henriette, dit Benjamin en reprenant son chien.

Mais Henriette le tient fermement.

Benjamin tire la queue de Sam et Henriette tire Sam de son côté.

– Sam est à moi! crie Benjamin.

– Non, à moi! crie Henriette.

Ils tirent et poussent si fort tous les deux, qu'il arrive quelque chose d'affreux.

La queue de Sam se déchire!

Benjamin et Henriette se mettent à pleurer.

— Oh non! dit leur maman.

— Peux-tu l'arranger? demande Benjamin.

— Je vais essayer, lui répond-elle.

Benjamin jette un regard furieux à Henriette.

Délicatement, la maman coud de tout petits points pour réparer Sam.

— Et voilà! dit-elle.

Benjamin met un pansement sur la queue de Sam et l'embrasse bien fort.

Henriette essaie aussi d'embrasser Sam, mais Benjamin le tient haut, hors de sa portée.

— Ce serait gentil de partager Sam avec ta petite sœur, dit la maman.

Mais Benjamin n'est pas du tout d'accord. Il tient Sam contre lui et s'en va dans sa chambre, en tapant des pieds.

Benjamin constate que ce n'est pas si facile d'être un grand frère.

Henriette pleure beaucoup. Elle a besoin qu'on s'occupe d'elle tout le temps. Et quelquefois, elle ne sent pas très bon.

Et le pire, c'est qu'elle pense que Sam est à elle.

Alors, Benjamin fait ce que n'importe quel grand frère ferait : il met Sam dans une boîte de jouets, au fond du placard, là où Henriette ne pourra pas le trouver.

Plus tard, la maman de Benjamin lui demande
s'il veut aller se promener.

— Est-ce qu'Henriette vient? demande-t-il.

Sa maman fait signe que oui.

Benjamin soupire, mais il se prépare à sortir,
car il aime bien se promener.

Henriette met son manteau à l'envers.

— Ça a l'air ridicule, se moque Benjamin.

Sa maman se met à rire et aide Henriette
à enfiler son manteau.

En se promenant, Benjamin cueille un bouquet de pissenlits pour sa maman.

— Merci, dit-elle. Ils sont très jolis.

Tout à coup, Henriette attrape les fleurs.

— Non, Henriette, elles ne sont pas pour toi, dit Benjamin.

La maman sourit.

— Henriette est encore petite, dit-elle. Il faut qu'elle apprenne à partager.

La maman de Benjamin prend quelques fleurs et les pique sur son chapeau.

Henriette met les fleurs dans sa bouche.

Benjamin espère bien qu'elles ont mauvais goût.

94

Ils marchent longtemps.

Henriette commence à se frotter les yeux et à bâiller. Puis elle devient grincheuse.

La maman lui donne alors sa couverture, un biscuit et du jus.

Mais rien ne fait plaisir à Henriette. Elle commence à pleurer de plus en plus fort.

— C'est dommage que Sam ne soit pas là, dit Benjamin. Il pourrait la consoler.

Soudain, Benjamin a une idée. Il met sa main dans la couverture d'Henriette et commence à aboyer.

Henriette se met à rire.

— Ce n'est pas Sam qui fait rire Henriette, dit la maman. C'est son grand frère.

— C'est vrai? dit Benjamin.

— Oui, c'est vrai, répond la maman.

Benjamin se sent un peu plus grand.

Benjamin décide alors qu'être grand frère n'est pas si mal.

Il aime faire rire Henriette.

Quelquefois, il la laisse même jouer avec Sam.

Mais maintenant, Benjamin s'assure que Sam revient dans sa chambre quand il va se coucher.

Après tout, un grand frère ne peut pas tout partager avec sa sœur.

Benjamin dit je t'aime

Benjamin se dit qu'il a bien de la chance : il a le plus fabuleux poisson rouge, les plus merveilleux amis et le plus gentil chien en peluche. Mais surtout, il a la plus extraordinaire maman du monde.

La maman de Benjamin vient de faire une tarte
aux mouches, rien que pour lui.

Elle a joué à la balle avec lui, même si elle avait un tas de choses à faire.

Elle lui a lu deux histoires avant de le mettre au lit, même si elle était fatiguée.

Quand grand-maman lui dit que demain,
c'est l'anniversaire de sa maman, il décide de lui
offrir le plus beau des cadeaux.
Benjamin veut lui montrer combien il l'aime.

Chaque année, Benjamin fabrique un cadeau pour sa maman.

Elle a adoré son collier de macaronis. Elle a accroché au mur le portrait que Benjamin a fait d'elle. Elle a même fait les courses avec le chapeau qu'il lui a offert.

Cette année, Benjamin décide d'acheter
un cadeau.

Il vide sa tirelire et s'en va à la ville. Benjamin
fait le tour de toutes les boutiques. Mais tout
coûte beaucoup trop cher.

Benjamin se creuse la tête.

— Comment est-ce que je peux lui montrer
à quel point je l'aime sans lui acheter de cadeau?

Benjamin part à la recherche de quelqu'un
qui pourrait l'aider.

Il suit le sentier, passe le pont et marche
jusque chez Martin.

— Martin, comment est-ce que je peux
montrer à maman à quel point je l'aime sans lui
acheter de cadeau?

— Moi, je lui apporte son déjeuner au lit,
répond Martin.

Mais Benjamin sait que sa maman n'aime pas
avoir de miettes dans son lit.

Benjamin passe par le champ de framboises
et se rend chez Arnaud.

— Arnaud, demande Benjamin, comment est-ce
que je peux montrer à maman à quel point je l'aime
sans lui acheter de cadeau?

— Moi, je lui offre des fleurs, répond Arnaud.

Mais Benjamin a offert hier un gros bouquet
de pissenlits à sa maman.

Benjamin pique à travers la prairie et arrive
chez Lili.

— Lili, comment est-ce que je peux montrer
à maman à quel point je l'aime sans lui acheter
de cadeau?

— Moi, je lui fais un dessin avec plein de petits
baisers dessus.

— Des petits baisers?

— Oui, des petits cœurs partout.

Mais Benjamin a donné plein de baisers
à sa maman en rentrant de l'école, et il l'embrasse
aussi tous les soirs.

Benjamin fait le tour de l'étang et se rend jusque
chez Béatrice.

— Béatrice, comment est-ce que je peux montrer
à maman à quel point je l'aime sans lui acheter
de cadeau?

— Moi, je lui offre de jolis bijoux, répond Béatrice.

Mais Benjamin a déjà offert à sa maman un collier
de macaronis et un autre en perles.

Benjamin est fatigué et il a faim. Il rentre à la maison.

L'anniversaire de sa maman, c'est demain, et il n'a toujours pas trouvé de cadeau.

— Comment est-ce que je peux montrer à maman
à quel point je l'aime sans lui acheter de cadeau?
demande Benjamin à son papa.

— Tu lui offres quelque chose de joli chaque jour,
répond le papa de Benjamin. Pourquoi cette question?

— Parce que demain, c'est son anniversaire,
dit Benjamin.

Son papa a l'air tout étonné.

— Va vite lui dessiner une carte d'anniversaire,
avec Henriette! suggère-t-il. Moi, je cours au magasin.

Benjamin aide Henriette à dessiner une carte,
mais c'est lui qui doit presque tout faire.

Parfois, il voudrait être comme sa petite sœur.
Elle ne s'inquiète jamais de rien.

Tôt le lendemain matin, Benjamin a une idée :
il va faire tout ce que ses amis lui ont suggéré
pour sa maman.

Il fabrique une jolie broche. Il fait un dessin
avec plein de petits cœurs. Il va cueillir des fleurs
dans le jardin. Il prépare un plateau avec son
déjeuner. Benjamin fait tout, de son mieux.

Benjamin et Henriette chantent
« Bon anniversaire » à leur maman.

Elle mange son déjeuner au lit,
puis repousse les miettes de la main. Elle
épingle la broche sur son pyjama. Elle dit
qu'elle adore la carte d'Henriette,
le dessin de Benjamin et la boîte à outils
offerte par le papa de Benjamin.

– Quelle journée magnifique! dit-elle.

Mais Benjamin n'a pas donné tous ses
cadeaux. Il en a encore un en réserve — et
celui-là, c'est son idée à lui.

Benjamin donne un gros baiser à sa maman,
et la serre très fort dans ses bras, puis il lui dit :

— Je t'aime.

— Ces trois petits mots-là valent tous les cadeaux
du monde, murmure sa maman.

C'est ainsi que Benjamin comprend que les plus
beaux cadeaux viennent du fond du cœur.